c o l l e c t i o n

Romans jeunesse

Éditions HRW

Groupe Éducalivres inc.
955, rue Bergar
Laval (Québec) H7L 4Z6
Téléphone : (514) 334-8466
Télécopieur : (514) 334-8387
Internet : http://www.educalivres.com

L'HEURE PLAISIR COUCOU

Déjà parus dans cette collection :

Jupiter en hélicoptère

▼

Yanik Comeau

À Olivier Lévesque,
un petit soleil
qui brille en Jupiter!

Jupiter en hélicoptère
Comeau, Yanik
Collection L'Heure Plaisir Coucou

Directeur de la collection : Yves Lizotte
Illustrations originales : Steve Huard

© 1997, **Éditions HRW** ■ Groupe Éducalivres inc.
Tous droits réservés

ISBN 0-03-927695-3
Dépôt légal – 1er trimestre
Bibliothèque nationale du Québec, 1997   Imprimé au Canada
Bibliothèque nationale du Canada, 1997   1 2 3 4 H 6 5 4 3 2 1 0 9 8 7

Table des chapitres

▼

Liste des personnages de ce récit

▼

Au besoin, consulte cette liste pour retrouver l'identité d'un personnage.

Personnage principal :

Olivier Lemay
un jeune garçon de huit ans, narrateur du récit.

Personnages secondaires :

Roger Lemay
le père d'Olivier, chroniqueur de la circulation automobile.

Zénon
le meilleur ami d'Olivier
(surnommé Z).

Janus Juvara
un architecte jupitérien.

La reine Junon
la reine du canton
de Japhetis.

Chapitre 1

Patrouille de Montréal

Quand j'accompagne papa au travail, je dois me lever tôt. Pas le choix. Papa travaille à cinq heures du matin!

— Olivier, n'oublie pas de réveiller Zénon, murmure mon père avant que j'entre dans la douche.

Zénon, c'est mon meilleur ami. Je l'appelle Z. Je l'ai invité à dormir chez nous pour qu'il puisse venir travailler lui aussi.

*   *   *

Quand je sors de la salle de bain, une serviette autour de la taille, il fait encore nuit. Quatre heures et quart du matin !

– Hé, Olivier !

– Aahhh ! ! !

C'est Zénon qui me fait sursauter. Il s'est réveillé tout seul, excité de venir passer la journée avec nous.

– J'ai hâte de décoller, dit-il.

Puis, mon ami se met à rire.

– Olivier ! Ça ne me fait rien, mais tu as échappé ta serviette !

Oups ! J'ai l'air fin comme ça, tout nu, tout nu devant Zénon.

Bof! Au moins ce n'est pas Claudie Dallaire qui me voit, le zigoto à l'air!

Bon. Il faut faire vite. Papa ne peut pas être en retard. Trop de gens comptent sur lui.

Zénon et moi nous habillons à la vitesse de l'éclair.

* * *

Dans l'auto, mon ami Z est un vrai moulin à paroles :

– C'est génial, votre emploi, monsieur Lemay ! C'est vrai que vous voyez les accidents avant les autres ? Que vous prévoyez les bouchons de circulation ?

— Bien sûr, Zénon, répond fièrement mon père. C'est ce que font tous les chroniqueurs de la circulation des stations de radio.

Zénon jubile. Et sur ces mots, nous arrivons à l'endroit où se trouve l'hélicoptère de mon père.

Chapitre 2

Pont Papineau,
code rouge !

Zénon n'en croit pas ses yeux. C'est la première fois qu'il voit un véritable hélicoptère !

– C'est extraordinaire ! On peut monter tout de suite ?

Le mécanicien a terminé l'inspection qui garantit la sécurité des passagers.

Mon père consulte les rapports météorologiques pour s'assurer que les vents ne sont pas trop violents.

Quelques secondes plus tard, nous voilà à bord. Nous coiffons des casques spéciaux. Celui de papa lui permet même de communiquer avec la station et de parler en ondes pour faire son bulletin de circulation.

Moteur ! Contact ! Ça y est !
Les hélices se mettent à tourner.
Dans un instant, nous nous
envolerons vers le ciel de
Montréal.

– Salut, Paul, fait papa au
micro. Nous allons survoler
le pont Papineau d'ici peu.

C'est parti ! Nous décollons,
laissant derrière nous la piste
où l'hélicoptère se posera en fin
de journée.

D'ici, les autos sont petites. Les maisons sont comme des blocs Lego ! C'est haut !

Dans le temps de le dire, nous avons survolé le nord de la ville. Papa est prêt pour son bulletin de la circulation.

— Pour les ponts de Laval, tout va bien, sauf au pont Papineau. C'est code rouge. À éviter. Ici Roger Lemay, à la circulation.

En terminant, papa actionne la manette qui empêche qu'on l'entende en ondes.

— Que penses-tu du voyage jusqu'ici, Zénon? lance papa.

Sans prévenir, une bourrasque secoue l'hélicoptère. Nous voilà hors circuit!

Les cadrans se dérèglent et
on file droit vers le ciel comme
si on était dans une fusée !

Avec son grand sang-froid,
papa tente de joindre quelqu'un
au micro.

— SOS, ici Roger Lemay.
Nous avons un problème !

Chapitre 3

SOS tour de contrôle !

– SOS, SOS, est-ce que quelqu'un m'entend ? Allô ?

Rien à faire. Les circuits font des folies. L'hélicoptère file de plus en plus vite, comme si nous allions nous écraser..., mais nous planons vers le ciel !

– Qu'est-ce qui se passe ? demande Z, excité et apeuré.

– Je ne sais pas ! dit papa.

Soudain, il fait noir, comme si la nuit nous tombait dessus d'un seul coup. À bord de notre «navette» à hélices, nous sortons de l'atmosphère terrestre et volons dans l'espace !

Des météorites, des comètes et des astéroïdes nous frôlent à toute vitesse.

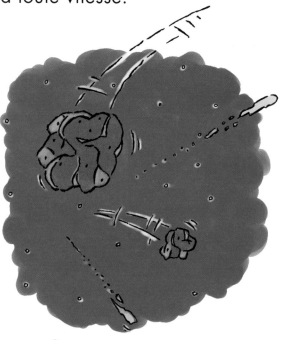

Ou plutôt, c'est nous qui passons plus vite que l'air ! Super !

– Wow, papa ! Sans le savoir, nous sommes devenus des astronautes !

– C'est bien beau, Olivier, mais comment allons-nous revenir sur la Terre ?

Mon père a toujours le tour de poser la bonne question...

— Il ne manquerait plus qu'on passe à quelques kilo-mètres de la planète Mars! lance papa pour détendre l'atmosphère... interplanétaire.

Il a à peine dit ces mots que voici justement la petite boule rougeâtre et rocailleuse qui apparaît à notre gauche.

– Je rêve ! s'exclame papa.
C'est impossible !

Ah, les adultes ! Il leur faut
toujours tout expliquer.

Papa peut bien se poser
toutes les questions qu'il veut,
Zénon et moi nous ruons
à bâbord pour savourer le
spectacle.

– Olivier ! Regarde ! On voit les deux satellites de Mars, Phobos et Deimos.

Il en connaît des choses, Zénon ! Pas mal pour quelqu'un qui est toujours dans la lune à l'école...

Soudain, l'hélicoptère se fait aspirer par la plus massive des planètes du système solaire.

On va s'écraser sur Jupiter !

Chapitre 4

L'hélicoptère à l'envers !

Dans un tourbillon de poussière incroyable, notre hélicoptère tombe sur Jupiter !

Zénon, papa et moi ouvrons les yeux.

– Ça va, les enfants ?

– Oui, oui. Toi, Zénon ?

– Tout va bien.

Quelle aventure ! Nous sommes fixés à nos sièges, la tête à l'envers. L'hélicoptère a atterri sur son hélice !

— Incroyable ! s'étonne papa. On est sur Jupiter ? Cet engin n'a pas été conçu pour les voyages dans l'espace !

Pourtant, nous sommes là, sur une planète que nous n'avons vue que dans des livres.

Papa réussit à défaire sa ceinture sans tomber sur la tête et vient nous détacher aussi.

– Wow ! Allons-nous explorer Jupiter ? demande Zénon.

– As-tu une meilleure idée ? lance papa en ouvrant la portière de l'hélicoptère.

Chapitre 5

Les chaumières à l'envers !

Muet, Zénon sort le premier, soulevant un tas de poussière.

– C'est incroyable ; on dirait un désert. Viens voir, Olivier.

Moins courageux, je passe la tête à l'extérieur et j'observe les alentours avant de m'aventurer.

Zénon a raison. Il n'y a rien autour de nous.

– Regardez, les garçons ! On dirait un village, là-bas.

Au loin, on voit des maisons, toutes de la même hauteur.

— Mais s'il y a des maisons, c'est donc dire que...

Papa s'arrête. Il ne veut pas croire ce qu'il allait dire. Je termine à sa place :

— S'il y a des maisons, il y a des habitants, hein, papa ?

– Voyons, Olivier. Il ne peut pas y avoir des êtres vivants sur une planète constituée d'hydrogène et d'hélium.

Puis, la voix de papa change. Il parle comme s'il avait avalé tout l'air d'un ballon... d'hélium ! Il a la voix des nains du *Magicien d'Oz* !

Papa nous fait alors des gestes pour nous indiquer de le suivre jusqu'au village.

Arrivés près des chaumières, papa, Zénon et moi figeons sur place, étonnés par le spectacle.

Ces logis ressemblent aux maisons de la Terre, mais ils sont à l'envers: les fenêtres en bas, les portes en l'air !

Chapitre 6

Janus Juvara, architecte

— Bienvenue à Japhetis, chers Terriens.

Papa, Zénon et moi sommes accueillis par une créature plus minuscule que Z, qui est pourtant le plus petit de ma classe !

— Je suis Janus Juvara, l'architecte et le protecteur du canton de Japhetis. Il me fait plaisir de vous accueillir.

Janus a deux têtes, une qui parle et l'autre qui cligne des yeux. Un drôle de spécimen !

— Sa Majesté la reine Junon vous attend au palais du Joyau près du récif de Jakarta.

— Un rocher qui porte le même nom que la capitale de l'Indonésie, chez nous, sur Terre, remarque Zénon.

Mon ami ne cessera jamais
de m'épater avec ses connais-
sances !

– Suivez-moi, je vous prie.

Papa pose ses mains sur mon
épaule et sur celle de Zénon.

– Un instant ! Que voulez-
vous ? nous kidnapper ou quoi ?

– Nos civilisations s'obser-
vent depuis des années,
explique Janus. Vos sondes ont
souvent pris des images de
notre planète.

– C'est vrai, interrompt Z.
Dans le dictionnaire, j'ai vu des
photos de Jupiter prises par
Voyager 1.

– Nous étudions les compor-
tements humains et vos habi-
tudes alimentaires depuis deux
cents années terrestres.

– Alors, c'est vous qui nous avez fait venir ? demande papa.

– Oui, monsieur. Vous êtes un excellent pilote et vos amis terriens parlent élogieusement de vos talents en cuisine. Vous étiez donc notre candidat idéal. Voulez-vous me suivre ?

Chapitre 7

Des découvertes culinaires

Sautillant sur son unique jambe triangulaire, Janus nous mène au palais du Joyau.

Au palais, la reine Junon nous accueille à bras ouverts.

Sa Majesté nous attend avec des dizaines d'aliments terrestres que les Jupitériens ont réussi à importer.

Les cultivateurs et les éleveurs de la Terre n'en ont même pas eu connaissance !

Pendant des heures, papa explique à la reine et à ses cuisiniers comment faire de la poutine, de la fricassée, du cassoulet, de la choucroute, du pâté chinois et de la tourtière du Lac-Saint-Jean !

– C'est gentil de nous avoir appris ces recettes terriennes, déclare enfin la reine Junon.

– Nous vous invitons maintenant à goûter un repas jupitérien, poursuit Janus.

Zénon et moi nous regardons pendant que de petites créatures nous préparent une table. Au secours !

Chapitre 8

Une poutine,
s'il vous plaît !

Assis confortablement, papa, Zénon et moi goûtons des mets curieux.

Le repas commence par du jabotis, un ragoût étrange à la moutarde. Ensuite, on goûte la jiboudole, une purée de juminole jaune. Pour dessert, on reçoit des jubédéroles, des jujubes caoutchouteux qui goûtent le brocoli !

Je commence à comprendre pourquoi les Jupitériens s'intéressent à notre cuisine !

Après ce dîner bizarre, Junon remercie papa, et Janus nous raccompagne à l'hélicoptère. Enfin !

Avant le départ, Janus nous suggère de boire un verre de jumoire.

– Ça vous donnera l'énergie nécessaire pour retourner sur la Terre, prétend-il.

Sans poser de question, nous buvons l'étrange boisson.

Chapitre 9

La bonne Terre
de chez nous

Le lendemain, je me réveille dans mon lit. Zénon dort à mes côtés, dans son sac de couchage.

– Olivier! Zénon! Levez-vous! Vous allez rater l'autobus!

Bizarre. Comment sommes-nous revenus sur la Terre? Je ne me souviens de rien.

– As-tu bien dormi ? me demande Zénon.

– Euh... oui, oui. C'est sûr. J'étais fatigué après notre aventure d'hier.

– C'était super de survoler Montréal, se rappelle Zénon en enfilant son pantalon. Tu crois que ton père nous emmènera en hélicoptère une autre fois ?

Quoi ? Il ne se souvient pas de notre escapade sur Jupiter ?

– Euh... oui, oui. Sûrement.

Intrigué, je me lève et je me rends devant mon miroir.

Ce que je vois me laisse perplexe. Dans les coins de ma bouche, il y a des restes de juminole séchée.

«Je n'ai pas rêvé...»

Le jumoire que Janus nous a fait boire était sans doute une potion magique qui agit sur la mémoire. Le vieux ratoureux !

– Olivier ! Vite ! Tu n'auras pas le temps de déjeuner.

Rapidement, je passe une débarbouillette humide sur mon visage et j'efface les souvenirs de mon voyage sur Jupiter.

FIN